Cet ouvrage est imprimé sur du papier certifié FSC® issu de forêts gérées durablement et d'autres sources contrôlées.
Illustrations : iStock

57, rue Gaston-Tessier - 75019 Paris

ISBN 978-2-38382-365-0
Dépôt légal : novembre 2023
Imprimé en RPC en septembre 2022

www.editions365.eu
Média Diffusion. Distribution MDS.

INVESTIR & RÉUSSIR

OBJECTIF SUCCÈS

LE JOURNAL DE MES RÉUSSITES

éditions 365

CE CARNET APPARTIENT À

....

....

Si vous me trouvez, merci d'appeler le :

....

SOMMAIRE

DÉFINITION DE VOS OBJECTIFS

ROUE DE LA VIE

PRENEZ 10 MINUTES ENVIRON POUR FAIRE CET EXERCICE.

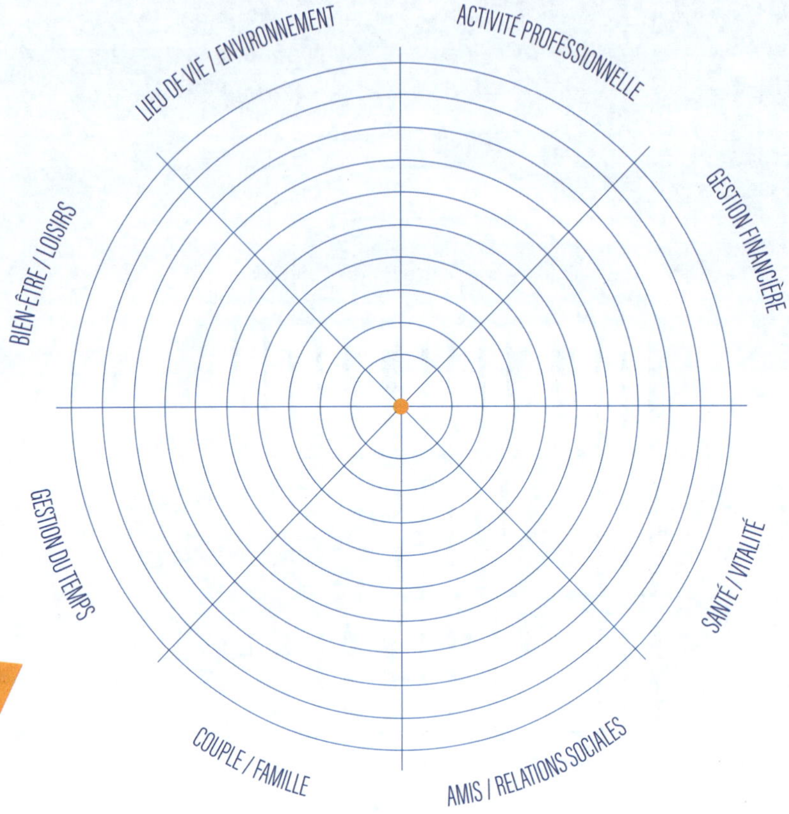

Face à ce diagnostic, vous pouvez agir pour arriver à un meilleur équilibre dans votre vie :

Ce qu'il faudrait modifier :

Ce qu'il faudrait arrêter :

Ce qu'il faudrait prioriser :

Ce qu'il faudrait déléguer :

OBJECTIFS D'AMÉLIORATION

CARRIÈRE

FINANCES

SANTÉ

AMIS

OBJECTIFS D'AMÉLIORATION

COUPLE

FAMILLE

BIEN-ÊTRE

ENVIRONNEMENT

LIGNE DE VIE

NOTEZ VOS OBJECTIFS À COURT ET LONG TERMES.

VOUS

VOS DÉFAUTS	VOS QUALITÉS

À METTRE EN ŒUVRE POUR AMÉLIORER VOS DÉFAUTS (SPORT, THÉRAPIE, COURS DE THÉÂTRE…) :

1
2
3
4
5
6
7
8
9
10

VOS SUCCÈS	VOS ÉCHECS

LES RAISONS DE CES SUCCÈS	LES RAISONS DE CES ÉCHECS
1	1
2	2
3	3
4	4
5	5
6	6
7	7
8	8
9	9
10	10

CONCLUSIONS ET PISTES D'AMÉLIORATION :

VOS VALEURS

Prenez 8 valeurs qui vous semblent plus importantes que les autres. Comparez ces valeurs 2 à 2, déterminez laquelle est la meilleure à chaque fois et notez par une barre ou une croix la valeur la plus importante à vos yeux. Puis choisissez les 3 valeurs qui se démarquent selon vous.

	PRIORISATION DE MES VALEURS PERSONNELLES							
VALEURS PERSONNELLES	1	2	3	4	5	6	7	8
1								
2								
3								
4								
5								
6								
7								
8								

Vivez-vous en adéquation avec vos valeurs ? **OUI** ☐ **NON** ☐

Si non, pistes pour y remédier :

NOUVELLES BONNES HABITUDES

Déterminez 5 nouvelles habitudes à mettre en place dans votre quotidien.

HABITUDE 1	
HABITUDE 2	
HABITUDE 3	
HABITUDE 4	
HABITUDE 5	

Pour qu'une habitude soit durable, il faut la mettre en place progressivement (méthode Kaizen). Prévoyez le temps à consacrer à chaque nouvelle habitude au fil des mois.

	HABITUDE 1	HABITUDE 2	HABITUDE 3	HABITUDE 4	HABITUDE 5
MOIS 1					
MOIS 2					
MOIS 3					
MOIS 4					
MOIS 5					
MOIS 6					
MOIS 7					
MOIS 8					
MOIS 9					
MOIS 10					
MOIS 11					
MOIS 12					

PRIORITÉS ET ACTIONS À METTRE EN PLACE

Maintenant que vous avez fait un bilan sur vous, définissez vos 12 priorités à mettre en place dans l'année :

PRIORITÉ 1 :

	ACTIONS :	AVANT LE :
1		
2		
3		
4		
5		

PRIORITÉ 2 :

	ACTIONS :	AVANT LE :
1		
2		
3		
4		
5		

PRIORITÉ 3 :

	ACTIONS :	AVANT LE :
1		
2		
3		
4		
5		

PRIORITÉ 4 :

	ACTIONS :	AVANT LE :
1		
2		
3		
4		
5		

PRIORITÉ 5 :

	ACTIONS :	AVANT LE :
1		
2		
3		
4		
5		

PRIORITÉ 6 :

	ACTIONS :	AVANT LE :
1		
2		
3		
4		
5		

PRIORITÉS ET ACTIONS À METTRE EN PLACE

PRIORITÉ 7 :

	ACTIONS :	AVANT LE :
1		
2		
3		
4		
5		

PRIORITÉ 8 :

	ACTIONS :	AVANT LE :
1		
2		
3		
4		
5		

PRIORITÉ 9 :

	ACTIONS :	AVANT LE :
1		
2		
3		
4		
5		

PRIORITÉ 10 :

	ACTIONS :	AVANT LE :
1		
2		
3		
4		
5		

PRIORITÉ 11 :

	ACTIONS :	AVANT LE :
1		
2		
3		
4		
5		

PRIORITÉ 12 :

	ACTIONS :	AVANT LE :
1		
2		
3		
4		
5		

ACTION !

MOIS 1 : ....

Lundi	Mardi	Mercredi	Jeudi

Vendredi	Samedi	Dimanche

NOTES

OBJECTIFS DU MOIS

1

2

3

4

5

« N'attends pas que les événements arrivent comme tu le souhaites.
Décide de vouloir ce qui arrive... et tu seras heureux. »

Épictète

MA RÉCOMPENSE DU MOIS

MES TÂCHES DU MOIS

NON URGENT, MAIS IMPORTANT	URGENT ET IMPORTANT

NON URGENT ET NON IMPORTANT	URGENT ET NON IMPORTANT

LES PLAISIRS À M'ACCORDER

1
2
3
4
5

MOIS 1 : ....

	LUNDI	MARDI	MERCREDI
7			
8			
9			
10			
11			
12			
13			
14			
15			
16			
17			
18			
19			
20			

« La confiance en soi est le premier secret du succès. »
Ralph Waldo Emerson

LES 5 OBJECTIFS INCONTOURNABLES DE LA SEMAINE

1
2
3
4
5

3 RAISONS D'ÊTRE HEUREUX CETTE SEMAINE

1
2
3

MA RÉCOMPENSE SI J'ATTEINS MES 5 OBJECTIFS :

....

SEMAINE : ....

JEUDI	VENDREDI	SAMEDI
7		
8		
9		
10		
11		
12		
13		DIMANCHE
14		
15		
16		
17		
18		
19		
20		

TÂCHES DE LA SEMAINE	FAIT
1	
2	
3	
4	
5	
6	

À AMÉLIORER LA SEMAINE PROCHAINE :

....

....

EFFICACITÉ DE LA SEMAINE

MOIS 1 : ……………………………………

	LUNDI	MARDI	MERCREDI
7			
8			
9			
10			
11			
12			
13			
14			
15			
16			
17			
18			
19			
20			

« Se donner du mal pour les petites choses,
c'est parvenir aux grandes, avec le temps. »
Samuel Beckett

LES 5 OBJECTIFS INCONTOURNABLES DE LA SEMAINE

1
2
3
4
5

3 RAISONS D'ÊTRE HEUREUX CETTE SEMAINE

1
2
3

MA RÉCOMPENSE SI J'ATTEINS MES 5 OBJECTIFS :

……………………………………

SEMAINE : ……………

	JEUDI	VENDREDI	SAMEDI
7			
8			
9			
10			
11			
12			
13			DIMANCHE
14			
15			
16			
17			
18			
19			
20			

	TÂCHES DE LA SEMAINE	FAIT
1		
2		
3		
4		
5		
6		

À AMÉLIORER LA SEMAINE PROCHAINE :

……

……

EFFICACITÉ DE LA SEMAINE

MOIS 1 : ....

	LUNDI	MARDI	MERCREDI
7			
8			
9			
10			
11			
12			
13			
14			
15			
16			
17			
18			
19			
20			

« Le moment présent a un avantage sur tous les autres : il nous appartient. »
Charles Caleb Colton

LES 5 OBJECTIFS INCONTOURNABLES DE LA SEMAINE

1
2
3
4
5

3 RAISONS D'ÊTRE HEUREUX CETTE SEMAINE

1
2
3

MA RÉCOMPENSE SI J'ATTEINS MES 5 OBJECTIFS :

....

SEMAINE : ....

JEUDI ☐	VENDREDI ☐	SAMEDI ☐
7		
8		
9		
10		
11		
12		
13		DIMANCHE ☐
14		
15		
16		
17		
18		
19		
20		

	TÂCHES DE LA SEMAINE	FAIT
1		
2		
3		
4		
5		
6		

À AMÉLIORER LA SEMAINE PROCHAINE :

....

....

EFFICACITÉ DE LA SEMAINE ☐☐☐☐☐☐☐☐

MOIS 1 : ....

	LUNDI	MARDI	MERCREDI
7			
8			
9			
10			
11			
12			
13			
14			
15			
16			
17			
18			
19			
20			

« Il y a plus de courage que de talent dans la plupart des réussites. »
Félix Leclerc

LES 5 OBJECTIFS INCONTOURNABLES DE LA SEMAINE

1
2
3
4
5

3 RAISONS D'ÊTRE HEUREUX CETTE SEMAINE

1
2
3

MA RÉCOMPENSE SI J'ATTEINS MES 5 OBJECTIFS :

....

SEMAINE : ....

JEUDI ☐	VENDREDI ☐	SAMEDI ☐
7		
8		
9		
10		
11		
12		
13		DIMANCHE ☐
14		
15		
16		
17		
18		
19		
20		

TÂCHES DE LA SEMAINE	FAIT
1	
2	
3	
4	
5	
6	

À AMÉLIORER LA SEMAINE PROCHAINE :

....

....

EFFICACITÉ DE LA SEMAINE ☐☐☐☐☐☐☐☐

POINT MENSUEL

VOTRE ROUE DE LA VIE A-T-ELLE ÉVOLUÉ ?

CONCLUSIONS ET PISTES D'AMÉLIORATION :

....

....

....

....

....

....

....

AVANCÉES DES PRIORITÉS DÉFINIES AU DÉBUT DE L'ANNÉE

1														
2														
3														
4														
5														
6														
7														
8														
9														
10														
11														
12														

SATISFACTION GLOBALE DE L'AVANCÉE DES OBJECTIFS ET PRIORITÉS

MES GRATITUDES DU MOIS

1
2
3
4

MOIS 2 : ....

Lundi	Mardi	Mercredi	Jeudi
☐	☐	☐	☐
☐	☐	☐	☐
☐	☐	☐	☐
☐	☐	☐	☐
☐	☐	☐	☐

Vendredi	Samedi	Dimanche

NOTES

OBJECTIFS DU MOIS

1

2

3

4

5

« Croyez en vos rêves et ils se réaliseront peut-être.
Croyez en vous et ils se réaliseront sûrement. »

Martin Luther King

MA RÉCOMPENSE DU MOIS

MES TÂCHES DU MOIS

NON URGENT, MAIS IMPORTANT	URGENT ET IMPORTANT

NON URGENT ET NON IMPORTANT	URGENT ET NON IMPORTANT

LES PLAISIRS À M'ACCORDER

1
2
3
4
5

MOIS 2 : ....

	LUNDI	MARDI	MERCREDI
7			
8			
9			
10			
11			
12			
13			
14			
15			
16			
17			
18			
19			
20			

« Au milieu de toute difficulté se trouve cachée une opportunité. »
Albert Einstein

LES 5 OBJECTIFS INCONTOURNABLES DE LA SEMAINE

1
2
3
4
5

3 RAISONS D'ÊTRE HEUREUX CETTE SEMAINE

1
2
3

MA RÉCOMPENSE SI J'ATTEINS MES 5 OBJECTIFS :

....

SEMAINE : ....

JEUDI	VENDREDI	SAMEDI
7		
8		
9		
10		
11		
12		
13		DIMANCHE
14		
15		
16		
17		
18		
19		
20		

TÂCHES DE LA SEMAINE	FAIT
1	
2	
3	
4	
5	
6	

À AMÉLIORER LA SEMAINE PROCHAINE :

....

....

EFFICACITÉ DE LA SEMAINE

MOIS 2 : ....

	LUNDI	MARDI	MERCREDI
7			
8			
9			
10			
11			
12			
13			
14			
15			
16			
17			
18			
19			
20			

« La vie est une aventure audacieuse ou elle n'est rien. »
Helen Keller

LES 5 OBJECTIFS INCONTOURNABLES DE LA SEMAINE

1
2
3
4
5

3 RAISONS D'ÊTRE HEUREUX CETTE SEMAINE

1
2
3

MA RÉCOMPENSE SI J'ATTEINS MES 5 OBJECTIFS :

....

SEMAINE : ....

	JEUDI	VENDREDI	SAMEDI
7			
8			
9			
10			
11			
12			
13			DIMANCHE
14			
15			
16			
17			
18			
19			
20			

	TÂCHES DE LA SEMAINE	FAIT
1		
2		
3		
4		
5		
6		

À AMÉLIORER LA SEMAINE PROCHAINE :

....

....

EFFICACITÉ DE LA SEMAINE

MOIS 2 : ....

	LUNDI	MARDI	MERCREDI
7			
8			
9			
10			
11			
12			
13			
14			
15			
16			
17			
18			
19			
20			

« Nous ne devons jamais craindre d'aller trop loin car la réussite se trouve juste après. »

Marcel Proust

LES 5 OBJECTIFS INCONTOURNABLES DE LA SEMAINE

1
2
3
4
5

3 RAISONS D'ÊTRE HEUREUX CETTE SEMAINE

1
2
3

MA RÉCOMPENSE SI J'ATTEINS MES 5 OBJECTIFS :

....

SEMAINE : ....

	JEUDI	VENDREDI	SAMEDI
7			
8			
9			
10			
11			
12			
13			DIMANCHE
14			
15			
16			
17			
18			
19			
20			

	TÂCHES DE LA SEMAINE	FAIT
1		
2		
3		
4		
5		
6		

À AMÉLIORER LA SEMAINE PROCHAINE :

....

....

EFFICACITÉ DE LA SEMAINE

MOIS 2 : ....

	LUNDI	MARDI	MERCREDI
7			
8			
9			
10			
11			
12			
13			
14			
15			
16			
17			
18			
19			
20			

« L'attitude est le pinceau de l'esprit. Elle colore toutes les situations. »
Alexander Lockhart

LES 5 OBJECTIFS INCONTOURNABLES DE LA SEMAINE

1
2
3
4
5

3 RAISONS D'ÊTRE HEUREUX CETTE SEMAINE

1
2
3

MA RÉCOMPENSE SI J'ATTEINS MES 5 OBJECTIFS :

....

SEMAINE : ....

	JEUDI	VENDREDI	SAMEDI
7			
8			
9			
10			
11			
12			
13			DIMANCHE
14			
15			
16			
17			
18			
19			
20			

TÂCHES DE LA SEMAINE		FAIT
1		
2		
3		
4		
5		
6		

À AMÉLIORER LA SEMAINE PROCHAINE :

....

....

EFFICACITÉ DE LA SEMAINE

POINT MENSUEL

VOTRE ROUE DE LA VIE A-T-ELLE ÉVOLUÉ ?

CONCLUSIONS ET PISTES D'AMÉLIORATION :

....

....

....

....

....

....

....

AVANCÉES DES PRIORITÉS DÉFINIES AU DÉBUT DE L'ANNÉE

1														
2														
3														
4														
5														
6														
7														
8														
9														
10														
11														
12														

SATISFACTION GLOBALE DE L'AVANCÉE DES OBJECTIFS ET PRIORITÉS

MES GRATITUDES DU MOIS

1
2
3
4

MOIS 3 : ....

Lundi	Mardi	Mercredi	Jeudi
☐	☐	☐	☐
☐	☐	☐	☐
☐	☐	☐	☐
☐	☐	☐	☐
☐	☐	☐	☐

Vendredi	Samedi	Dimanche
☐	☐	☐
☐	☐	☐
☐	☐	☐
☐	☐	☐
☐	☐	☐

NOTES

OBJECTIFS DU MOIS

1

2

3

4

5

« Vous n'avez rien à craindre car l'échec est impossible. Vous ne pouvez qu'apprendre, évoluer et devenir meilleur que vous ne l'avez jamais été. »

Hal Elrod

MA RÉCOMPENSE DU MOIS

MES TÂCHES DU MOIS

NON URGENT, MAIS IMPORTANT	URGENT ET IMPORTANT
NON URGENT ET NON IMPORTANT	URGENT ET NON IMPORTANT

LES PLAISIRS À M'ACCORDER

1
2
3
4
5

MOIS 3 : ....

	LUNDI	MARDI	MERCREDI
7			
8			
9			
10			
11			
12			
13			
14			
15			
16			
17			
18			
19			
20			

« N'allez pas où le sentier vous conduit,
allez plutôt où il n'y a pas de sentier et créez une piste. »
Ralph Waldo Emerson

LES 5 OBJECTIFS INCONTOURNABLES DE LA SEMAINE

1
2
3
4
5

3 RAISONS D'ÊTRE HEUREUX CETTE SEMAINE

1
2
3

MA RÉCOMPENSE SI J'ATTEINS MES 5 OBJECTIFS :

....

SEMAINE : ....

	JEUDI	VENDREDI
7		
8		
9		
10		
11		
12		
13		
14		
15		
16		
17		
18		
19		
20		

SAMEDI

DIMANCHE

TÂCHES DE LA SEMAINE		FAIT
1		
2		
3		
4		
5		
6		

À AMÉLIORER LA SEMAINE PROCHAINE :

....

....

EFFICACITÉ DE LA SEMAINE

MOIS 3 : ....

	LUNDI	MARDI	MERCREDI
7			
8			
9			
10			
11			
12			
13			
14			
15			
16			
17			
18			
19			
20			

« Le travail transforme le talent en génie. »
Anna Pavlova

LES 5 OBJECTIFS INCONTOURNABLES DE LA SEMAINE

1
2
3
4
5

3 RAISONS D'ÊTRE HEUREUX CETTE SEMAINE

1
2
3

MA RÉCOMPENSE SI J'ATTEINS MES 5 OBJECTIFS :

....

SEMAINE : ....

JEUDI	VENDREDI	SAMEDI
7		
8		
9		
10		
11		
12		
13		DIMANCHE
14		
15		
16		
17		
18		
19		
20		

TÂCHES DE LA SEMAINE	FAIT
1	
2	
3	
4	
5	
6	

À AMÉLIORER LA SEMAINE PROCHAINE :

....

....

EFFICACITÉ DE LA SEMAINE

MOIS 3 : ....

	LUNDI	MARDI	MERCREDI
7			
8			
9			
10			
11			
12			
13			
14			
15			
16			
17			
18			
19			
20			

« Je refuse que la peur de l'échec m'empêche de faire ce qui m'importe vraiment. »
Emma Watson

LES 5 OBJECTIFS INCONTOURNABLES DE LA SEMAINE

1
2
3
4
5

3 RAISONS D'ÊTRE HEUREUX CETTE SEMAINE

1
2
3

MA RÉCOMPENSE SI J'ATTEINS MES 5 OBJECTIFS :

....

SEMAINE : ....

	JEUDI	VENDREDI	SAMEDI
7			
8			
9			
10			
11			
12			
13			DIMANCHE
14			
15			
16			
17			
18			
19			
20			

	TÂCHES DE LA SEMAINE	FAIT
1		
2		
3		
4		
5		
6		

À AMÉLIORER LA SEMAINE PROCHAINE :

....

....

EFFICACITÉ DE LA SEMAINE

MOIS 3 : ....

	LUNDI	MARDI	MERCREDI
7			
8			
9			
10			
11			
12			
13			
14			
15			
16			
17			
18			
19			
20			

« Il est temps de vivre la vie que tu t'es imaginée. »
Henry James

LES 5 OBJECTIFS INCONTOURNABLES DE LA SEMAINE

1
2
3
4
5

3 RAISONS D'ÊTRE HEUREUX CETTE SEMAINE

1
2
3

MA RÉCOMPENSE SI J'ATTEINS MES 5 OBJECTIFS :

....

SEMAINE : ....

JEUDI	VENDREDI	SAMEDI
7		
8		
9		
10		
11		
12		
13		DIMANCHE
14		
15		
16		
17		
18		
19		
20		

	TÂCHES DE LA SEMAINE	FAIT
1		
2		
3		
4		
5		
6		

À AMÉLIORER LA SEMAINE PROCHAINE :

....

....

EFFICACITÉ DE LA SEMAINE

POINT MENSUEL

VOTRE ROUE DE LA VIE A-T-ELLE ÉVOLUÉ ?

CONCLUSIONS ET PISTES D'AMÉLIORATION :

....

....

....

....

....

....

....

AVANCÉES DES PRIORITÉS DÉFINIES AU DÉBUT DE L'ANNÉE

1														
2														
3														
4														
5														
6														
7														
8														
9														
10														
11														
12														

SATISFACTION GLOBALE DE L'AVANCÉE DES OBJECTIFS ET PRIORITÉS

MES GRATITUDES DU MOIS

1
2
3
4

MOIS 4 : ....

Lundi	Mardi	Mercredi	Jeudi
☐	☐	☐	☐
☐	☐	☐	☐
☐	☐	☐	☐
☐	☐	☐	☐
☐	☐	☐	☐

Vendredi	Samedi	Dimanche

NOTES

OBJECTIFS DU MOIS

1

2

3

4

5

« Celui qui marche avec confiance vers ses rêves et résout de mener la vie qu'il a souhaitée, celui-là réussira même l'improbable. »

Henry David Thoreau

MA RÉCOMPENSE DU MOIS

MES TÂCHES DU MOIS

+

NON URGENT, MAIS IMPORTANT	URGENT ET IMPORTANT

NON URGENT ET NON IMPORTANT	URGENT ET NON IMPORTANT

-

+

LES PLAISIRS À M'ACCORDER

1
2
3
4
5

MOIS 4 : ....

	LUNDI	MARDI	MERCREDI
7			
8			
9			
10			
11			
12			
13			
14			
15			
16			
17			
18			
19			
20			

« Ne rêvez pas que ce soit plus facile. Décidez simplement d'être meilleur. »

Jim Rohn

LES 5 OBJECTIFS INCONTOURNABLES DE LA SEMAINE

1
2
3
4
5

3 RAISONS D'ÊTRE HEUREUX CETTE SEMAINE

1
2
3

MA RÉCOMPENSE SI J'ATTEINS MES 5 OBJECTIFS :

....

SEMAINE : ....

Heure	JEUDI	VENDREDI	SAMEDI
7			
8			
9			
10			
11			
12			
13			DIMANCHE
14			
15			
16			
17			
18			
19			
20			

TÂCHES DE LA SEMAINE		FAIT
1		
2		
3		
4		
5		
6		

À AMÉLIORER LA SEMAINE PROCHAINE :

....

....

EFFICACITÉ DE LA SEMAINE ☐☐☐☐☐☐☐☐

MOIS 4 : ....

	LUNDI	MARDI	MERCREDI
7			
8			
9			
10			
11			
12			
13			
14			
15			
16			
17			
18			
19			
20			

« Vous devez faire les choses que vous vous croyez incapable de faire. »

Eleanor Roosevelt

LES 5 OBJECTIFS INCONTOURNABLES DE LA SEMAINE

1
2
3
4
5

3 RAISONS D'ÊTRE HEUREUX CETTE SEMAINE

1
2
3

MA RÉCOMPENSE SI J'ATTEINS MES 5 OBJECTIFS :

....

SEMAINE : ....

	JEUDI	VENDREDI
7		
8		
9		
10		
11		
12		
13		
14		
15		
16		
17		
18		
19		
20		

SAMEDI

DIMANCHE

	TÂCHES DE LA SEMAINE	FAIT
1		
2		
3		
4		
5		
6		

À AMÉLIORER LA SEMAINE PROCHAINE :

....

....

EFFICACITÉ DE LA SEMAINE

MOIS 4 : ....

	LUNDI	MARDI	MERCREDI
7			
8			
9			
10			
11			
12			
13			
14			
15			
16			
17			
18			
19			
20			

« L'échec est seulement l'opportunité de recommencer d'une façon plus intelligente. »
Henry Ford

LES 5 OBJECTIFS INCONTOURNABLES DE LA SEMAINE

1
2
3
4
5

3 RAISONS D'ÊTRE HEUREUX CETTE SEMAINE

1
2
3

MA RÉCOMPENSE SI J'ATTEINS MES 5 OBJECTIFS :

....

SEMAINE : ....

	JEUDI	VENDREDI	SAMEDI
7			
8			
9			
10			
11			
12			
13			DIMANCHE
14			
15			
16			
17			
18			
19			
20			

TÂCHES DE LA SEMAINE	FAIT
1	
2	
3	
4	
5	
6	

À AMÉLIORER LA SEMAINE PROCHAINE :

....

....

EFFICACITÉ DE LA SEMAINE

MOIS 4 : ....

	LUNDI	MARDI	MERCREDI
7			
8			
9			
10			
11			
12			
13			
14			
15			
16			
17			
18			
19			
20			

« La vraie générosité envers l'avenir consiste à tout donner au présent. »
Albert Camus

LES 5 OBJECTIFS INCONTOURNABLES DE LA SEMAINE

1
2
3
4
5

3 RAISONS D'ÊTRE HEUREUX CETTE SEMAINE

1
2
3

MA RÉCOMPENSE SI J'ATTEINS MES 5 OBJECTIFS :

....

SEMAINE : ....

	JEUDI	VENDREDI	SAMEDI
7			
8			
9			
10			
11			
12			
13			DIMANCHE
14			
15			
16			
17			
18			
19			
20			

TÂCHES DE LA SEMAINE		FAIT
1		
2		
3		
4		
5		
6		

À AMÉLIORER LA SEMAINE PROCHAINE :

....

....

EFFICACITÉ DE LA SEMAINE

POINT MENSUEL

VOTRE ROUE DE LA VIE A-T-ELLE ÉVOLUÉ ?

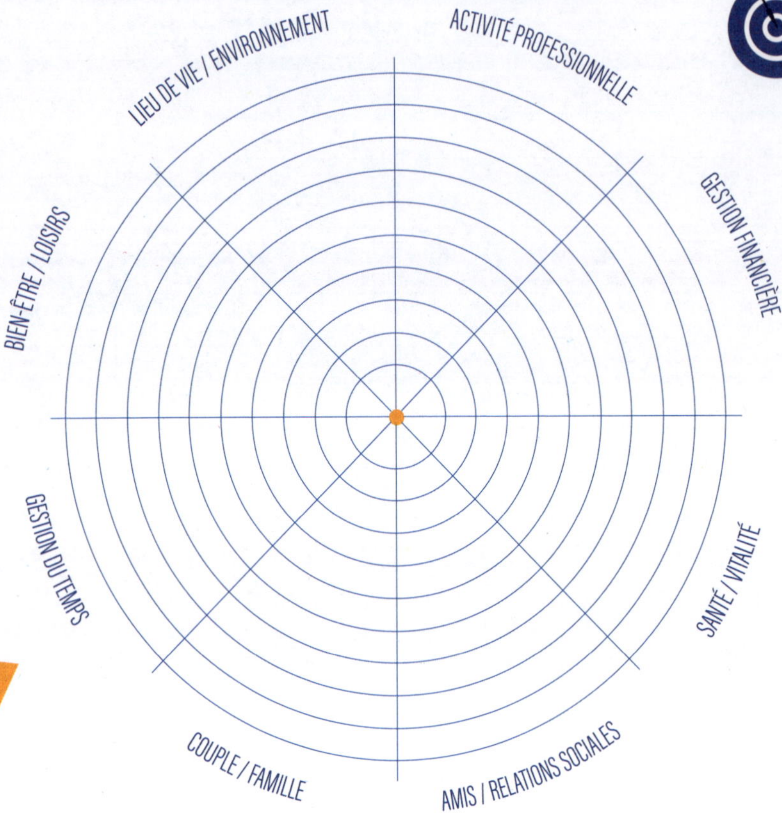

CONCLUSIONS ET PISTES D'AMÉLIORATION :

....

....

....

....

....

....

....

AVANCÉES DES PRIORITÉS DÉFINIES AU DÉBUT DE L'ANNÉE

1														
2														
3														
4														
5														
6														
7														
8														
9														
10														
11														
12														

SATISFACTION GLOBALE DE L'AVANCÉE DES OBJECTIFS ET PRIORITÉS

MES GRATITUDES DU MOIS

1
2
3
4

MOIS 5 : ....

Lundi	Mardi	Mercredi	Jeudi

Vendredi	Samedi	Dimanche

NOTES

OBJECTIFS DU MOIS

1

2

3

4

5

« Le destin n'est pas une question de chance.
C'est une question de choix : il n'est pas quelque chose
qu'on doit attendre, mais qu'on doit accomplir. »

William Jennings Bryan

MA RÉCOMPENSE DU MOIS

MES TÂCHES DU MOIS

+

NON URGENT, MAIS IMPORTANT	URGENT ET IMPORTANT

NON URGENT ET NON IMPORTANT	URGENT ET NON IMPORTANT

–

+

LES PLAISIRS À M'ACCORDER

1
2
3
4
5

MOIS 5 : ....

	LUNDI	MARDI	MERCREDI
7			
8			
9			
10			
11			
12			
13			
14			
15			
16			
17			
18			
19			
20			

« Nous ne pouvons pas devenir ce que nous voulons être en restant ce que nous sommes. »
Max De Pree

LES 5 OBJECTIFS INCONTOURNABLES DE LA SEMAINE

1
2
3
4
5

3 RAISONS D'ÊTRE HEUREUX CETTE SEMAINE

1
2
3

MA RÉCOMPENSE SI J'ATTEINS MES 5 OBJECTIFS :

....

SEMAINE : ....

JEUDI ☐	VENDREDI ☐	SAMEDI ☐
7		
8		
9		
10		
11		
12		
13		DIMANCHE ☐
14		
15		
16		
17		
18		
19		
20		

TÂCHES DE LA SEMAINE	FAIT
1	
2	
3	
4	
5	
6	

À AMÉLIORER LA SEMAINE PROCHAINE :

....

....

EFFICACITÉ DE LA SEMAINE ☐ ☐ ☐ ☐ ☐ ☐ ☐ ☐

MOIS 5 : ....

	LUNDI	MARDI	MERCREDI
7			
8			
9			
10			
11			
12			
13			
14			
15			
16			
17			
18			
19			
20			

« Il n'y a pas de réussite facile ni d'échec définitif. »
Marcel Proust

LES 5 OBJECTIFS INCONTOURNABLES DE LA SEMAINE

1
2
3
4
5

3 RAISONS D'ÊTRE HEUREUX CETTE SEMAINE

1
2
3

MA RÉCOMPENSE SI J'ATTEINS MES 5 OBJECTIFS :

....

SEMAINE : ....

JEUDI	VENDREDI	SAMEDI
7		
8		
9		
10		
11		
12		
13		DIMANCHE
14		
15		
16		
17		
18		
19		
20		

TÂCHES DE LA SEMAINE	FAIT
1	
2	
3	
4	
5	
6	

À AMÉLIORER LA SEMAINE PROCHAINE :

....

....

EFFICACITÉ DE LA SEMAINE

MOIS 5 : ....

	LUNDI	MARDI	MERCREDI
7			
8			
9			
10			
11			
12			
13			
14			
15			
16			
17			
18			
19			
20			

« Je suis persuadée que les rêves d'aujourd'hui seront les réalités de demain. »
Malala Yousafzai

LES 5 OBJECTIFS INCONTOURNABLES DE LA SEMAINE

1
2
3
4
5

3 RAISONS D'ÊTRE HEUREUX CETTE SEMAINE

1
2
3

MA RÉCOMPENSE SI J'ATTEINS MES 5 OBJECTIFS :

....

SEMAINE : ……………

	JEUDI	VENDREDI	SAMEDI
7			
8			
9			
10			
11			
12			
13			DIMANCHE
14			
15			
16			
17			
18			
19			
20			

	TÂCHES DE LA SEMAINE	FAIT
1		
2		
3		
4		
5		
6		

À AMÉLIORER LA SEMAINE PROCHAINE :

……………………………………………………………………………………………………

……………………………………………………………………………………………………

EFFICACITÉ DE LA SEMAINE

MOIS 5 : ....

	LUNDI	MARDI	MERCREDI
7			
8			
9			
10			
11			
12			
13			
14			
15			
16			
17			
18			
19			
20			

« Ayez la volonté et la persévérance, et vous ferez des merveilles. »
Benjamin Franklin

LES 5 OBJECTIFS INCONTOURNABLES DE LA SEMAINE

1
2
3
4
5

3 RAISONS D'ÊTRE HEUREUX CETTE SEMAINE

1
2
3

MA RÉCOMPENSE SI J'ATTEINS MES 5 OBJECTIFS :

....

SEMAINE : ....

	JEUDI	VENDREDI	SAMEDI
7			
8			
9			
10			
11			
12			
13			DIMANCHE
14			
15			
16			
17			
18			
19			
20			

	TÂCHES DE LA SEMAINE	FAIT
1		
2		
3		
4		
5		
6		

À AMÉLIORER LA SEMAINE PROCHAINE :

....

....

EFFICACITÉ DE LA SEMAINE

POINT MENSUEL

VOTRE ROUE DE LA VIE A-T-ELLE ÉVOLUÉ ?

CONCLUSIONS ET PISTES D'AMÉLIORATION :

AVANCÉES DES PRIORITÉS DÉFINIES AU DÉBUT DE L'ANNÉE

1

2

3

4

5

6

7

8

9

10

11

12

SATISFACTION GLOBALE DE L'AVANCÉE DES OBJECTIFS ET PRIORITÉS

MES GRATITUDES DU MOIS

1

2

3

4

MOIS 6 : ....

Lundi	Mardi	Mercredi	Jeudi

Vendredi	Samedi	Dimanche
☐	☐	☐
☐	☐	☐
☐	☐	☐
☐	☐	☐
☐	☐	☐

NOTES

OBJECTIFS DU MOIS

1

2

3

4

5

« La logique vous conduira d'un point A à un point B, l'imagination et l'audace vous conduiront où vous désirez. »

Albert Einstein

MA RÉCOMPENSE DU MOIS

MES TÂCHES DU MOIS

NON URGENT, MAIS IMPORTANT	URGENT ET IMPORTANT

NON URGENT ET NON IMPORTANT	URGENT ET NON IMPORTANT

\+
\-
\+

LES PLAISIRS À M'ACCORDER

1
2
3
4
5

MOIS 6 : ....

	LUNDI	MARDI	MERCREDI
7			
8			
9			
10			
11			
12			
13			
14			
15			
16			
17			
18			
19			
20			

« Faites que le rêve dévore votre vie afin que la vie ne dévore pas votre rêve. »
Antoine de Saint-Exupéry

LES 5 OBJECTIFS INCONTOURNABLES DE LA SEMAINE

1
2
3
4
5

3 RAISONS D'ÊTRE HEUREUX CETTE SEMAINE

1
2
3

MA RÉCOMPENSE SI J'ATTEINS MES 5 OBJECTIFS :

....

SEMAINE : ....

	JEUDI ☐	VENDREDI ☐	SAMEDI ☐
7			
8			
9			
10			
11			
12			
13			DIMANCHE ☐
14			
15			
16			
17			
18			
19			
20			

	TÂCHES DE LA SEMAINE	FAIT
1		
2		
3		
4		
5		
6		

À AMÉLIORER LA SEMAINE PROCHAINE :

....

....

EFFICACITÉ DE LA SEMAINE ☐ ☐ ☐ ☐ ☐ ☐ ☐ ☐

MOIS 6 : ....

	LUNDI ☐	MARDI ☐	MERCREDI ☐
7			
8			
9			
10			
11			
12			
13			
14			
15			
16			
17			
18			
19			
20			

« Voir le possible là où les autres voient l'impossible, telle est la clé du succès. »

Charles-Albert Poissant

LES 5 OBJECTIFS INCONTOURNABLES DE LA SEMAINE

1
2
3
4
5

3 RAISONS D'ÊTRE HEUREUX CETTE SEMAINE

1
2
3

MA RÉCOMPENSE SI J'ATTEINS MES 5 OBJECTIFS :

....

SEMAINE : ....

	JEUDI	VENDREDI	SAMEDI
7			
8			
9			
10			
11			
12			
13			DIMANCHE
14			
15			
16			
17			
18			
19			
20			

TÂCHES DE LA SEMAINE		FAIT
1		
2		
3		
4		
5		
6		

À AMÉLIORER LA SEMAINE PROCHAINE :

....

....

EFFICACITÉ DE LA SEMAINE

MOIS 6 : ....

	LUNDI	MARDI	MERCREDI
7			
8			
9			
10			
11			
12			
13			
14			
15			
16			
17			
18			
19			
20			

« Je ne perds jamais. Soit je gagne, soit j'apprends. »
Nelson Mandela

LES 5 OBJECTIFS INCONTOURNABLES DE LA SEMAINE

1
2
3
4
5

3 RAISONS D'ÊTRE HEUREUX CETTE SEMAINE

1
2
3

MA RÉCOMPENSE SI J'ATTEINS MES 5 OBJECTIFS :

....

SEMAINE : ....

JEUDI	VENDREDI	SAMEDI
7		
8		
9		
10		
11		
12		
13		DIMANCHE
14		
15		
16		
17		
18		
19		
20		

TÂCHES DE LA SEMAINE	FAIT
1	
2	
3	
4	
5	
6	

À AMÉLIORER LA SEMAINE PROCHAINE :

....

....

EFFICACITÉ DE LA SEMAINE

MOIS 6 : ....

	LUNDI	MARDI	MERCREDI
7			
8			
9			
10			
11			
12			
13			
14			
15			
16			
17			
18			
19			
20			

« Cesse d'attendre le moment parfait, prends le moment que tu as et rends-le parfait. »

Rihanna

LES 5 OBJECTIFS INCONTOURNABLES DE LA SEMAINE

1
2
3
4
5

3 RAISONS D'ÊTRE HEUREUX CETTE SEMAINE

1
2
3

MA RÉCOMPENSE SI J'ATTEINS MES 5 OBJECTIFS :

....

SEMAINE : ....

JEUDI	VENDREDI	SAMEDI
7		
8		
9		
10		
11		
12		
13		DIMANCHE
14		
15		
16		
17		
18		
19		
20		

TÂCHES DE LA SEMAINE		FAIT
1		
2		
3		
4		
5		
6		

À AMÉLIORER LA SEMAINE PROCHAINE :

....

....

EFFICACITÉ DE LA SEMAINE

POINT MENSUEL

VOTRE ROUE DE LA VIE A-T-ELLE ÉVOLUÉ ?

CONCLUSIONS ET PISTES D'AMÉLIORATION :

....

....

....

....

....

....

....

AVANCÉES DES PRIORITÉS DÉFINIES AU DÉBUT DE L'ANNÉE

1														
2														
3														
4														
5														
6														
7														
8														
9														
10														
11														
12														

SATISFACTION GLOBALE DE L'AVANCÉE DES OBJECTIFS ET PRIORITÉS

MES GRATITUDES DU MOIS

1

2

3

4

MOIS 7 : ....

Lundi	Mardi	Mercredi	Jeudi

Vendredi	Samedi	Dimanche

NOTES

OBJECTIFS DU MOIS

1

2

3

4

5

« Nous avons deux choix dans la vie : le premier est d'accepter les choses comme elles sont et le deuxième est de prendre la décision de les changer. »

Denis Waitley

MA RÉCOMPENSE DU MOIS

MES TÂCHES DU MOIS

NON URGENT, MAIS IMPORTANT	URGENT ET IMPORTANT

NON URGENT ET NON IMPORTANT	URGENT ET NON IMPORTANT

LES PLAISIRS À M'ACCORDER

1
2
3
4
5

MOIS 7 : ....

	LUNDI	MARDI	MERCREDI
7			
8			
9			
10			
11			
12			
13			
14			
15			
16			
17			
18			
19			
20			

« Fais que chaque heure de ta vie soit belle ; le moindre geste est un souvenir futur. »
Claude Aveline

LES 5 OBJECTIFS INCONTOURNABLES DE LA SEMAINE

1
2
3
4
5

3 RAISONS D'ÊTRE HEUREUX CETTE SEMAINE

1
2
3

MA RÉCOMPENSE SI J'ATTEINS MES 5 OBJECTIFS :

....

SEMAINE : ....

	JEUDI ☐	VENDREDI ☐	SAMEDI ☐
7			
8			
9			
10			
11			
12			
13			DIMANCHE ☐
14			
15			
16			
17			
18			
19			
20			

	TÂCHES DE LA SEMAINE	FAIT
1		
2		
3		
4		
5		
6		

À AMÉLIORER LA SEMAINE PROCHAINE :

....

....

EFFICACITÉ DE LA SEMAINE ☐☐☐☐☐☐☐☐

MOIS 7 : ....

LUNDI	MARDI	MERCREDI
7		
8		
9		
10		
11		
12		
13		
14		
15		
16		
17		
18		
19		
20		

« Plutôt que de penser à ce que tu n'as pas, pense à ce que tu peux faire avec ce que tu as. »

Ernest Hemingway

LES 5 OBJECTIFS INCONTOURNABLES DE LA SEMAINE

1
2
3
4
5

3 RAISONS D'ÊTRE HEUREUX CETTE SEMAINE

1
2
3

MA RÉCOMPENSE SI J'ATTEINS MES 5 OBJECTIFS :

....

SEMAINE : ....

	JEUDI	VENDREDI	SAMEDI
7			
8			
9			
10			
11			
12			
13			DIMANCHE
14			
15			
16			
17			
18			
19			
20			

TÂCHES DE LA SEMAINE	FAIT
1	
2	
3	
4	
5	
6	

À AMÉLIORER LA SEMAINE PROCHAINE :

....

....

EFFICACITÉ DE LA SEMAINE

MOIS 7 : ....

	LUNDI	MARDI	MERCREDI
7			
8			
9			
10			
11			
12			
13			
14			
15			
16			
17			
18			
19			
20			

« Le courage ne crie pas toujours. Parfois, il est la petite voix qui te chuchote à la fin de la journée : "J'essaierai encore demain." »

Emily Dickinson

LES 5 OBJECTIFS INCONTOURNABLES DE LA SEMAINE

1
2
3
4
5

3 RAISONS D'ÊTRE HEUREUX CETTE SEMAINE

1
2
3

MA RÉCOMPENSE SI J'ATTEINS MES 5 OBJECTIFS :

....

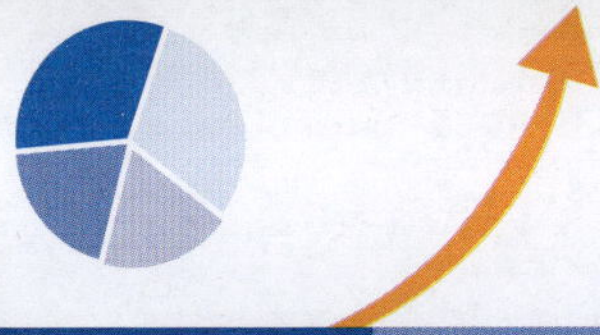

SEMAINE : ....

	JEUDI ☐	VENDREDI ☐	SAMEDI ☐
7			
8			
9			
10			
11			
12			
13			DIMANCHE ☐
14			
15			
16			
17			
18			
19			
20			

	TÂCHES DE LA SEMAINE	FAIT
1		
2		
3		
4		
5		
6		

À AMÉLIORER LA SEMAINE PROCHAINE :

....

....

EFFICACITÉ DE LA SEMAINE ☐☐☐☐☐☐☐☐

MOIS 7 : ....

	LUNDI	MARDI	MERCREDI
7			
8			
9			
10			
11			
12			
13			
14			
15			
16			
17			
18			
19			
20			

« Pensez de manière positive et la vie devient plus riche. »

Edward Verno

LES 5 OBJECTIFS INCONTOURNABLES DE LA SEMAINE

1
2
3
4
5

3 RAISONS D'ÊTRE HEUREUX CETTE SEMAINE

1
2
3

MA RÉCOMPENSE SI J'ATTEINS MES 5 OBJECTIFS :

....

SEMAINE : ....

JEUDI	VENDREDI	SAMEDI
7		
8		
9		
10		
11		
12		
13		DIMANCHE
14		
15		
16		
17		
18		
19		
20		

TÂCHES DE LA SEMAINE	FAIT
1	
2	
3	
4	
5	
6	

À AMÉLIORER LA SEMAINE PROCHAINE :

....

....

EFFICACITÉ DE LA SEMAINE

POINT MENSUEL

VOTRE ROUE DE LA VIE A-T-ELLE ÉVOLUÉ ?

CONCLUSIONS ET PISTES D'AMÉLIORATION :

....

....

....

....

....

....

....

AVANCÉES DES PRIORITÉS DÉFINIES AU DÉBUT DE L'ANNÉE

1														
2														
3														
4														
5														
6														
7														
8														
9														
10														
11														
12														

SATISFACTION GLOBALE DE L'AVANCÉE DES OBJECTIFS ET PRIORITÉS

MES GRATITUDES DU MOIS

1
2
3
4

MOIS 8 : ....

Lundi	Mardi	Mercredi	Jeudi

Vendredi	Samedi	Dimanche

NOTES

OBJECTIFS DU MOIS

1

2

3

4

5

« Aux autres, je donne le droit d'être comme ils sont.
À moi, je me donne le devoir d'être chaque jour meilleure. »

Audrey Hepburn

MA RÉCOMPENSE DU MOIS

MES TÂCHES DU MOIS

+

NON URGENT, MAIS IMPORTANT	URGENT ET IMPORTANT

NON URGENT ET NON IMPORTANT	URGENT ET NON IMPORTANT

-

+

LES PLAISIRS À M'ACCORDER

1
2
3
4
5

MOIS 8 : ....

	LUNDI	MARDI	MERCREDI
7			
8			
9			
10			
11			
12			
13			
14			
15			
16			
17			
18			
19			
20			

« Il n'y a qu'une chose qui puisse rendre un rêve impossible, c'est la peur d'échouer. »
Paulo Coelho

LES 5 OBJECTIFS INCONTOURNABLES DE LA SEMAINE

1
2
3
4
5

3 RAISONS D'ÊTRE HEUREUX CETTE SEMAINE

1
2
3

MA RÉCOMPENSE SI J'ATTEINS MES 5 OBJECTIFS :

....

SEMAINE : ....

	JEUDI	VENDREDI	SAMEDI
7			
8			
9			
10			
11			
12			
13			DIMANCHE
14			
15			
16			
17			
18			
19			
20			

	TÂCHES DE LA SEMAINE	FAIT
1		
2		
3		
4		
5		
6		

À AMÉLIORER LA SEMAINE PROCHAINE :

....

....

EFFICACITÉ DE LA SEMAINE

MOIS 8 : ....

	LUNDI	MARDI	MERCREDI
7			
8			
9			
10			
11			
12			
13			
14			
15			
16			
17			
18			
19			
20			

« Ce n'est pas le vent qui décide de votre destination,
c'est l'orientation que vous donnez à votre voile. Le vent est pareil pour tous. »
Jim Rohn

LES 5 OBJECTIFS INCONTOURNABLES DE LA SEMAINE

1
2
3
4
5

3 RAISONS D'ÊTRE HEUREUX CETTE SEMAINE

1
2
3

MA RÉCOMPENSE SI J'ATTEINS MES 5 OBJECTIFS :

....

SEMAINE : ....

JEUDI	VENDREDI	SAMEDI
7		
8		
9		
10		
11		
12		
13		DIMANCHE
14		
15		
16		
17		
18		
19		
20		

TÂCHES DE LA SEMAINE	FAIT
1	
2	
3	
4	
5	
6	

À AMÉLIORER LA SEMAINE PROCHAINE :

....

....

EFFICACITÉ DE LA SEMAINE

MOIS 8 : ……………………………………

	LUNDI	MARDI	MERCREDI
7			
8			
9			
10			
11			
12			
13			
14			
15			
16			
17			
18			
19			
20			

« La plus grande gloire n'est pas de ne jamais tomber, mais de se relever à chaque chute. »
Nelson Mandela

LES 5 OBJECTIFS INCONTOURNABLES DE LA SEMAINE

1
2
3
4
5

3 RAISONS D'ÊTRE HEUREUX CETTE SEMAINE

1
2
3

MA RÉCOMPENSE SI J'ATTEINS MES 5 OBJECTIFS :

……………………………………

SEMAINE : ....

	JEUDI	VENDREDI
7		
8		
9		
10		
11		
12		
13		
14		
15		
16		
17		
18		
19		
20		

SAMEDI

DIMANCHE

	TÂCHES DE LA SEMAINE	FAIT
1		
2		
3		
4		
5		
6		

À AMÉLIORER LA SEMAINE PROCHAINE :

....

....

EFFICACITÉ DE LA SEMAINE

MOIS 8 : ....

	LUNDI	MARDI	MERCREDI
7			
8			
9			
10			
11			
12			
13			
14			
15			
16			
17			
18			
19			
20			

« Croyez en votre victoire et vous vaincrez. »

Dale Carnegie

LES 5 OBJECTIFS INCONTOURNABLES DE LA SEMAINE

1
2
3
4
5

3 RAISONS D'ÊTRE HEUREUX CETTE SEMAINE

1
2
3

MA RÉCOMPENSE SI J'ATTEINS MES 5 OBJECTIFS :

....

SEMAINE : ....

	JEUDI	VENDREDI	SAMEDI
7			
8			
9			
10			
11			
12			
13			DIMANCHE
14			
15			
16			
17			
18			
19			
20			

	TÂCHES DE LA SEMAINE	FAIT
1		
2		
3		
4		
5		
6		

À AMÉLIORER LA SEMAINE PROCHAINE :

....

....

EFFICACITÉ DE LA SEMAINE

POINT MENSUEL

VOTRE ROUE DE LA VIE A-T-ELLE ÉVOLUÉ ?

CONCLUSIONS ET PISTES D'AMÉLIORATION :

AVANCÉES DES PRIORITÉS DÉFINIES AU DÉBUT DE L'ANNÉE

1														
2														
3														
4														
5														
6														
7														
8														
9														
10														
11														
12														

SATISFACTION GLOBALE DE L'AVANCÉE DES OBJECTIFS ET PRIORITÉS

MES GRATITUDES DU MOIS

1
2
3
4

MOIS 9 : ……………………………………

Lundi	Mardi	Mercredi	Jeudi

Vendredi	Samedi	Dimanche

NOTES

OBJECTIFS DU MOIS

1

2

3

4

5

« Si on veut obtenir quelque chose que l'on n'a jamais eu,
il faut tenter quelque chose que l'on n'a jamais fait. »

Périclès

MA RÉCOMPENSE DU MOIS

MES TÂCHES DU MOIS

NON URGENT, MAIS IMPORTANT	URGENT ET IMPORTANT

NON URGENT ET NON IMPORTANT	URGENT ET NON IMPORTANT

LES PLAISIRS À M'ACCORDER

1
2
3
4
5

MOIS 9 : ....

	LUNDI	MARDI	MERCREDI
7			
8			
9			
10			
11			
12			
13			
14			
15			
16			
17			
18			
19			
20			

« Quand on ose, on se trompe souvent. Quand on n'ose pas, on se trompe toujours. »

Romain Rolland

LES 5 OBJECTIFS INCONTOURNABLES DE LA SEMAINE

1
2
3
4
5

3 RAISONS D'ÊTRE HEUREUX CETTE SEMAINE

1
2
3

MA RÉCOMPENSE SI J'ATTEINS MES 5 OBJECTIFS :

....

SEMAINE : ....

	JEUDI	VENDREDI	SAMEDI
7			
8			
9			
10			
11			
12			
13			DIMANCHE
14			
15			
16			
17			
18			
19			
20			

	TÂCHES DE LA SEMAINE	FAIT
1		
2		
3		
4		
5		
6		

À AMÉLIORER LA SEMAINE PROCHAINE :

....

....

EFFICACITÉ DE LA SEMAINE

MOIS 9 : ....

	LUNDI	MARDI	MERCREDI
7			
8			
9			
10			
11			
12			
13			
14			
15			
16			
17			
18			
19			
20			

« Nous pouvons changer nos vies. Nous pouvons faire, avoir et être exactement ce que nous souhaitons. »
Anthony Robbins

LES 5 OBJECTIFS INCONTOURNABLES DE LA SEMAINE

1
2
3
4
5

3 RAISONS D'ÊTRE HEUREUX CETTE SEMAINE

1
2
3

MA RÉCOMPENSE SI J'ATTEINS MES 5 OBJECTIFS :

....

SEMAINE : ....

	JEUDI	VENDREDI	SAMEDI
7			
8			
9			
10			
11			
12			
13			DIMANCHE
14			
15			
16			
17			
18			
19			
20			

TÂCHES DE LA SEMAINE		FAIT
1		
2		
3		
4		
5		
6		

À AMÉLIORER LA SEMAINE PROCHAINE :

....

....

EFFICACITÉ DE LA SEMAINE | | | | | | | | |

MOIS 9 : ....

	LUNDI	MARDI	MERCREDI
7			
8			
9			
10			
11			
12			
13			
14			
15			
16			
17			
18			
19			
20			

« Je vous souhaite des rêves à n'en plus finir et l'envie furieuse d'en réaliser quelques-uns. »

Jacques Brel

LES 5 OBJECTIFS INCONTOURNABLES DE LA SEMAINE

1
2
3
4
5

3 RAISONS D'ÊTRE HEUREUX CETTE SEMAINE

1
2
3

MA RÉCOMPENSE SI J'ATTEINS MES 5 OBJECTIFS :

....

SEMAINE : ....

	JEUDI	VENDREDI	SAMEDI
7			
8			
9			
10			
11			
12			
13			DIMANCHE
14			
15			
16			
17			
18			
19			
20			

	TÂCHES DE LA SEMAINE	FAIT
1		
2		
3		
4		
5		
6		

À AMÉLIORER LA SEMAINE PROCHAINE :

....

....

EFFICACITÉ DE LA SEMAINE

MOIS 9 : ....

	LUNDI	MARDI	MERCREDI
7			
8			
9			
10			
11			
12			
13			
14			
15			
16			
17			
18			
19			
20			

« En vérité, le chemin importe peu, la volonté d'arriver suffit à tout. »
Albert Camus

LES 5 OBJECTIFS INCONTOURNABLES DE LA SEMAINE

1
2
3
4
5

3 RAISONS D'ÊTRE HEUREUX CETTE SEMAINE

1
2
3

MA RÉCOMPENSE SI J'ATTEINS MES 5 OBJECTIFS :

....

SEMAINE : ....

JEUDI	VENDREDI	SAMEDI
7		
8		
9		
10		
11		
12		
13		DIMANCHE
14		
15		
16		
17		
18		
19		
20		

TÂCHES DE LA SEMAINE	FAIT
1	
2	
3	
4	
5	
6	

À AMÉLIORER LA SEMAINE PROCHAINE :

....

....

EFFICACITÉ DE LA SEMAINE

POINT MENSUEL

VOTRE ROUE DE LA VIE A-T-ELLE ÉVOLUÉ ?

CONCLUSIONS ET PISTES D'AMÉLIORATION :

....

....

....

....

....

....

....

AVANCÉES DES PRIORITÉS DÉFINIES AU DÉBUT DE L'ANNÉE

1														
2														
3														
4														
5														
6														
7														
8														
9														
10														
11														
12														

SATISFACTION GLOBALE DE L'AVANCÉE DES OBJECTIFS ET PRIORITÉS

MES GRATITUDES DU MOIS

1
2
3
4

MOIS 10 : ....

Lundi	Mardi	Mercredi	Jeudi

Vendredi	Samedi	Dimanche

NOTES

OBJECTIFS DU MOIS

1

2

3

4

5

« Pensez grand et n'écoutez pas les gens qui vous disent que ce n'est pas réalisable. La vie est trop courte pour penser petit. »

Tim Ferriss

MA RÉCOMPENSE DU MOIS

MES TÂCHES DU MOIS

+

NON URGENT, MAIS IMPORTANT	URGENT ET IMPORTANT

NON URGENT ET NON IMPORTANT	URGENT ET NON IMPORTANT

\-

+

LES PLAISIRS À M'ACCORDER

1
2
3
4
5

MOIS 10 : ....

	LUNDI	MARDI	MERCREDI
7			
8			
9			
10			
11			
12			
13			
14			
15			
16			
17			
18			
19			
20			

« Il n'y a que deux conduites avec la vie : ou on la rêve ou on l'accomplit. »

René Char

LES 5 OBJECTIFS INCONTOURNABLES DE LA SEMAINE

1
2
3
4
5

3 RAISONS D'ÊTRE HEUREUX CETTE SEMAINE

1
2
3

MA RÉCOMPENSE SI J'ATTEINS MES 5 OBJECTIFS :

....

SEMAINE : ....

	JEUDI	VENDREDI	SAMEDI
7			
8			
9			
10			
11			
12			
13			DIMANCHE
14			
15			
16			
17			
18			
19			
20			

	TÂCHES DE LA SEMAINE	FAIT
1		
2		
3		
4		
5		
6		

À AMÉLIORER LA SEMAINE PROCHAINE :

....

....

EFFICACITÉ DE LA SEMAINE

MOIS 10 : ....

	LUNDI	MARDI	MERCREDI
7			
8			
9			
10			
11			
12			
13			
14			
15			
16			
17			
18			
19			
20			

« Rien de grand ne s'est accompli dans le monde sans passion. »
Friedrich Hegel

LES 5 OBJECTIFS INCONTOURNABLES DE LA SEMAINE

1
2
3
4
5

3 RAISONS D'ÊTRE HEUREUX CETTE SEMAINE

1
2
3

MA RÉCOMPENSE SI J'ATTEINS MES 5 OBJECTIFS :

....

SEMAINE : ....

	JEUDI	VENDREDI	SAMEDI
7			
8			
9			
10			
11			
12			
13			DIMANCHE
14			
15			
16			
17			
18			
19			
20			

	TÂCHES DE LA SEMAINE	FAIT
1		
2		
3		
4		
5		
6		

À AMÉLIORER LA SEMAINE PROCHAINE :

....

....

EFFICACITÉ DE LA SEMAINE

MOIS 10 : ....

	LUNDI	MARDI	MERCREDI
7			
8			
9			
10			
11			
12			
13			
14			
15			
16			
17			
18			
19			
20			

« Tout ce que tu as toujours voulu est de l'autre côté de la peur. »

George Adair

LES 5 OBJECTIFS INCONTOURNABLES DE LA SEMAINE

1
2
3
4
5

3 RAISONS D'ÊTRE HEUREUX CETTE SEMAINE

1
2
3

MA RÉCOMPENSE SI J'ATTEINS MES 5 OBJECTIFS :

....

SEMAINE : ....

	JEUDI	VENDREDI	SAMEDI
7			
8			
9			
10			
11			
12			
13			DIMANCHE
14			
15			
16			
17			
18			
19			
20			

TÂCHES DE LA SEMAINE		FAIT
1		
2		
3		
4		
5		
6		

À AMÉLIORER LA SEMAINE PROCHAINE :

....

....

EFFICACITÉ DE LA SEMAINE

MOIS 10 :

LUNDI	MARDI	MERCREDI
7		
8		
9		
10		
11		
12		
13		
14		
15		
16		
17		
18		
19		
20		

« La chance est la faculté de saisir les bonnes occasions. »
Douglas MacArthur

LES 5 OBJECTIFS INCONTOURNABLES DE LA SEMAINE

1
2
3
4
5

3 RAISONS D'ÊTRE HEUREUX CETTE SEMAINE

1
2
3

MA RÉCOMPENSE SI J'ATTEINS MES 5 OBJECTIFS :

SEMAINE : ....

	JEUDI	VENDREDI	SAMEDI
7			
8			
9			
10			
11			
12			
13			DIMANCHE
14			
15			
16			
17			
18			
19			
20			

	TÂCHES DE LA SEMAINE	FAIT
1		
2		
3		
4		
5		
6		

À AMÉLIORER LA SEMAINE PROCHAINE :

....

....

EFFICACITÉ DE LA SEMAINE

POINT MENSUEL

VOTRE ROUE DE LA VIE A-T-ELLE ÉVOLUÉ ?

CONCLUSIONS ET PISTES D'AMÉLIORATION :

....

....

....

....

....

....

....

AVANCÉES DES PRIORITÉS DÉFINIES AU DÉBUT DE L'ANNÉE

1														
2														
3														
4														
5														
6														
7														
8														
9														
10														
11														
12														

SATISFACTION GLOBALE DE L'AVANCÉE DES OBJECTIFS ET PRIORITÉS

MES GRATITUDES DU MOIS

1
2
3
4

MOIS 11 : ....

Lundi	Mardi	Mercredi	Jeudi

Vendredi	Samedi	Dimanche

NOTES

OBJECTIFS DU MOIS

1

2

3

4

5

« Dans 20 ans, vous serez plus déçu par les choses que vous n'avez pas faites que par celles que vous avez faites. Alors sortez des sentiers battus. Mettez les voiles. Explorez. Rêvez. Découvrez. »

Mark Twain

MA RÉCOMPENSE DU MOIS

MES TÂCHES DU MOIS

NON URGENT, MAIS IMPORTANT	URGENT ET IMPORTANT
NON URGENT ET NON IMPORTANT	**URGENT ET NON IMPORTANT**

LES PLAISIRS À M'ACCORDER

1
2
3
4
5

MOIS 11 : ....

	LUNDI	MARDI	MERCREDI
7			
8			
9			
10			
11			
12			
13			
14			
15			
16			
17			
18			
19			
20			

« Commencez par faire le nécessaire, puis le possible, et soudain vous faites l'impossible. »
François d'Assise

LES 5 OBJECTIFS INCONTOURNABLES DE LA SEMAINE

1
2
3
4
5

3 RAISONS D'ÊTRE HEUREUX CETTE SEMAINE

1
2
3

MA RÉCOMPENSE SI J'ATTEINS MES 5 OBJECTIFS :

....

SEMAINE : ....

JEUDI	VENDREDI	SAMEDI
7		
8		
9		
10		
11		
12		
13		DIMANCHE
14		
15		
16		
17		
18		
19		
20		

TÂCHES DE LA SEMAINE	FAIT
1	
2	
3	
4	
5	
6	

À AMÉLIORER LA SEMAINE PROCHAINE :

....

....

EFFICACITÉ DE LA SEMAINE

MOIS 11 : ....

	LUNDI	MARDI	MERCREDI
7			
8			
9			
10			
11			
12			
13			
14			
15			
16			
17			
18			
19			
20			

« Les gagnants trouvent des moyens, les perdants des excuses. »
Franklin Delano Roosevelt

LES 5 OBJECTIFS INCONTOURNABLES DE LA SEMAINE

1
2
3
4
5

3 RAISONS D'ÊTRE HEUREUX CETTE SEMAINE

1
2
3

MA RÉCOMPENSE SI J'ATTEINS MES 5 OBJECTIFS :

....

SEMAINE : ....

	JEUDI	VENDREDI	SAMEDI
7			
8			
9			
10			
11			
12			
13			DIMANCHE
14			
15			
16			
17			
18			
19			
20			

	TÂCHES DE LA SEMAINE	FAIT
1		
2		
3		
4		
5		
6		

À AMÉLIORER LA SEMAINE PROCHAINE :

....

....

EFFICACITÉ DE LA SEMAINE

MOIS 11 : ....

	LUNDI	MARDI	MERCREDI
7			
8			
9			
10			
11			
12			
13			
14			
15			
16			
17			
18			
19			
20			

« Le succès n'est pas la clé du bonheur. Le bonheur est la clé du succès. Si vous aimez ce que vous faites, vous réussirez. »

Albert Schweitzer

LES 5 OBJECTIFS INCONTOURNABLES DE LA SEMAINE

1
2
3
4
5

3 RAISONS D'ÊTRE HEUREUX CETTE SEMAINE

1
2
3

MA RÉCOMPENSE SI J'ATTEINS MES 5 OBJECTIFS :

....

SEMAINE : ....

	JEUDI	VENDREDI	SAMEDI
7			
8			
9			
10			
11			
12			
13			DIMANCHE
14			
15			
16			
17			
18			
19			
20			

	TÂCHES DE LA SEMAINE	FAIT
1		
2		
3		
4		
5		
6		

À AMÉLIORER LA SEMAINE PROCHAINE :

....

....

EFFICACITÉ DE LA SEMAINE

MOIS 11 : ....

	LUNDI	MARDI	MERCREDI
7			
8			
9			
10			
11			
12			
13			
14			
15			
16			
17			
18			
19			
20			

« De l'audace, de l'audace ; en toute occasion, de l'audace. »

Edmund Spenser

LES 5 OBJECTIFS INCONTOURNABLES DE LA SEMAINE

1
2
3
4
5

3 RAISONS D'ÊTRE HEUREUX CETTE SEMAINE

1
2
3

MA RÉCOMPENSE SI J'ATTEINS MES 5 OBJECTIFS :

....

SEMAINE : ....

JEUDI	VENDREDI	SAMEDI
7		
8		
9		
10		
11		
12		
13		DIMANCHE
14		
15		
16		
17		
18		
19		
20		

TÂCHES DE LA SEMAINE		FAIT
1		
2		
3		
4		
5		
6		

À AMÉLIORER LA SEMAINE PROCHAINE :

....

....

EFFICACITÉ DE LA SEMAINE

POINT MENSUEL

VOTRE ROUE DE LA VIE A-T-ELLE ÉVOLUÉ ?

CONCLUSIONS ET PISTES D'AMÉLIORATION :

AVANCÉES DES PRIORITÉS DÉFINIES AU DÉBUT DE L'ANNÉE

1														
2														
3														
4														
5														
6														
7														
8														
9														
10														
11														
12														

SATISFACTION GLOBALE DE L'AVANCÉE DES OBJECTIFS ET PRIORITÉS

MES GRATITUDES DU MOIS

1
2
3
4

MOIS 12 : ....

Lundi	Mardi	Mercredi	Jeudi

Vendredi	Samedi	Dimanche

NOTES

OBJECTIFS DU MOIS

1

2

3

4

5

« Si je recommençais ma vie, je tâcherais de faire mes rêves encore plus grands ; parce que la vie est infiniment plus belle et plus grande que je n'avais jamais cru, même en rêve. »

Georges Bernanos

MA RÉCOMPENSE DU MOIS

MES TÂCHES DU MOIS

NON URGENT, MAIS IMPORTANT	URGENT ET IMPORTANT
NON URGENT ET NON IMPORTANT	**URGENT ET NON IMPORTANT**

LES PLAISIRS À M'ACCORDER

1
2
3
4
5

MOIS 12 : ....

	LUNDI	MARDI	MERCREDI
7			
8			
9			
10			
11			
12			
13			
14			
15			
16			
17			
18			
19			
20			

« La meilleure façon de réaliser ses rêves, c'est de se réveiller ! »

Paul Valéry

LES 5 OBJECTIFS INCONTOURNABLES DE LA SEMAINE

1
2
3
4
5

3 RAISONS D'ÊTRE HEUREUX CETTE SEMAINE

1
2
3

MA RÉCOMPENSE SI J'ATTEINS MES 5 OBJECTIFS :

....

SEMAINE : ....

	JEUDI	VENDREDI	SAMEDI
7			
8			
9			
10			
11			
12			
13			DIMANCHE
14			
15			
16			
17			
18			
19			
20			

	TÂCHES DE LA SEMAINE	FAIT
1		
2		
3		
4		
5		
6		

À AMÉLIORER LA SEMAINE PROCHAINE :

....

....

EFFICACITÉ DE LA SEMAINE

MOIS 12 : ....

	LUNDI	MARDI	MERCREDI
7			
8			
9			
10			
11			
12			
13			
14			
15			
16			
17			
18			
19			
20			

« On a deux vies. Et la deuxième commence le jour où l'on se rend compte qu'on en a qu'une. »
Confucius

LES 5 OBJECTIFS INCONTOURNABLES DE LA SEMAINE

1
2
3
4
5

3 RAISONS D'ÊTRE HEUREUX CETTE SEMAINE

1
2
3

MA RÉCOMPENSE SI J'ATTEINS MES 5 OBJECTIFS :

....

SEMAINE : ....

JEUDI	VENDREDI	SAMEDI
7		
8		
9		
10		
11		
12		
13		DIMANCHE
14		
15		
16		
17		
18		
19		
20		

TÂCHES DE LA SEMAINE	FAIT
1	
2	
3	
4	
5	
6	

À AMÉLIORER LA SEMAINE PROCHAINE :

....

....

EFFICACITÉ DE LA SEMAINE

MOIS 12 : ....

	LUNDI	MARDI	MERCREDI
7			
8			
9			
10			
11			
12			
13			
14			
15			
16			
17			
18			
19			
20			

« Il n'y a qu'une façon d'échouer, c'est d'abandonner avant d'avoir réussi. »
Georges Clemenceau

LES 5 OBJECTIFS INCONTOURNABLES DE LA SEMAINE

1
2
3
4
5

3 RAISONS D'ÊTRE HEUREUX CETTE SEMAINE

1
2
3

MA RÉCOMPENSE SI J'ATTEINS MES 5 OBJECTIFS :

....

SEMAINE : ....

JEUDI	VENDREDI	SAMEDI
7		
8		
9		
10		
11		
12		
13		DIMANCHE
14		
15		
16		
17		
18		
19		
20		

TÂCHES DE LA SEMAINE	FAIT
1	
2	
3	
4	
5	
6	

À AMÉLIORER LA SEMAINE PROCHAINE :

....

....

EFFICACITÉ DE LA SEMAINE

MOIS 12 : ....

	LUNDI	MARDI	MERCREDI
7			
8			
9			
10			
11			
12			
13			
14			
15			
16			
17			
18			
19			
20			

« Les portes de l'avenir sont ouvertes à ceux qui savent les pousser. »
Coluche

LES 5 OBJECTIFS INCONTOURNABLES DE LA SEMAINE

1
2
3
4
5

3 RAISONS D'ÊTRE HEUREUX CETTE SEMAINE

1
2
3

MA RÉCOMPENSE SI J'ATTEINS MES 5 OBJECTIFS :

....

SEMAINE : ....

	JEUDI	VENDREDI	SAMEDI
7			
8			
9			
10			
11			
12			
13			DIMANCHE
14			
15			
16			
17			
18			
19			
20			

	TÂCHES DE LA SEMAINE	FAIT
1		
2		
3		
4		
5		
6		

À AMÉLIORER LA SEMAINE PROCHAINE :

....

....

EFFICACITÉ DE LA SEMAINE

POINT MENSUEL

VOTRE ROUE DE LA VIE A-T-ELLE ÉVOLUÉ ?

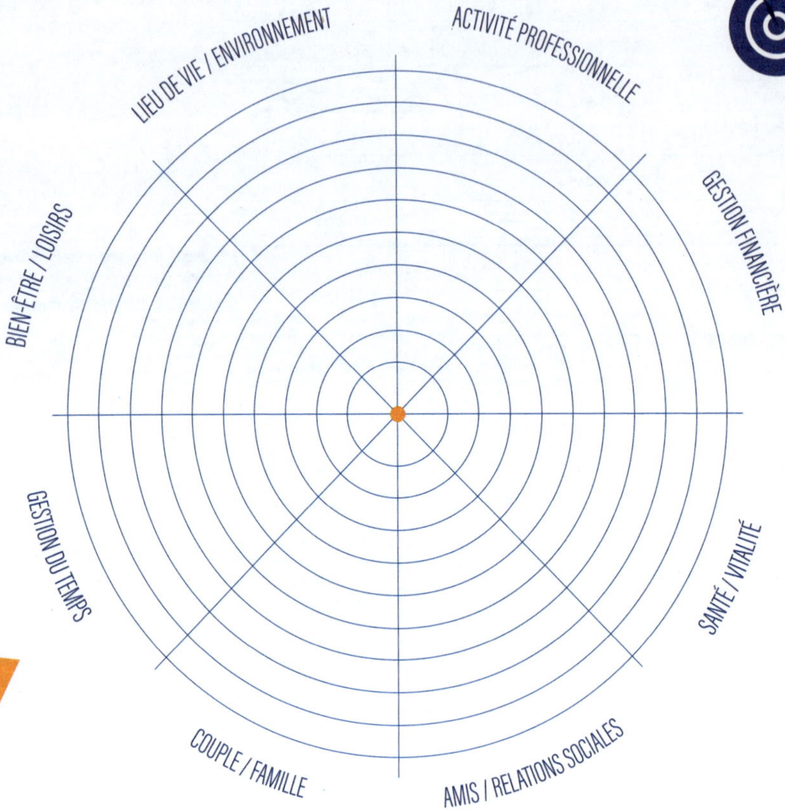

CONCLUSIONS ET PISTES D'AMÉLIORATION :

....

....

....

....

....

....

....

AVANCÉES DES PRIORITÉS DÉFINIES AU DÉBUT DE L'ANNÉE

1														
2														
3														
4														
5														
6														
7														
8														
9														
10														
11														
12														

SATISFACTION GLOBALE DE L'AVANCÉE DES OBJECTIFS ET PRIORITÉS

MES GRATITUDES DU MOIS

1
2
3
4

BILAN

VOTRE ROUE DE LA VIE A-T-ELLE ÉVOLUÉ ?
REMPLISSEZ-LA AU JOUR J

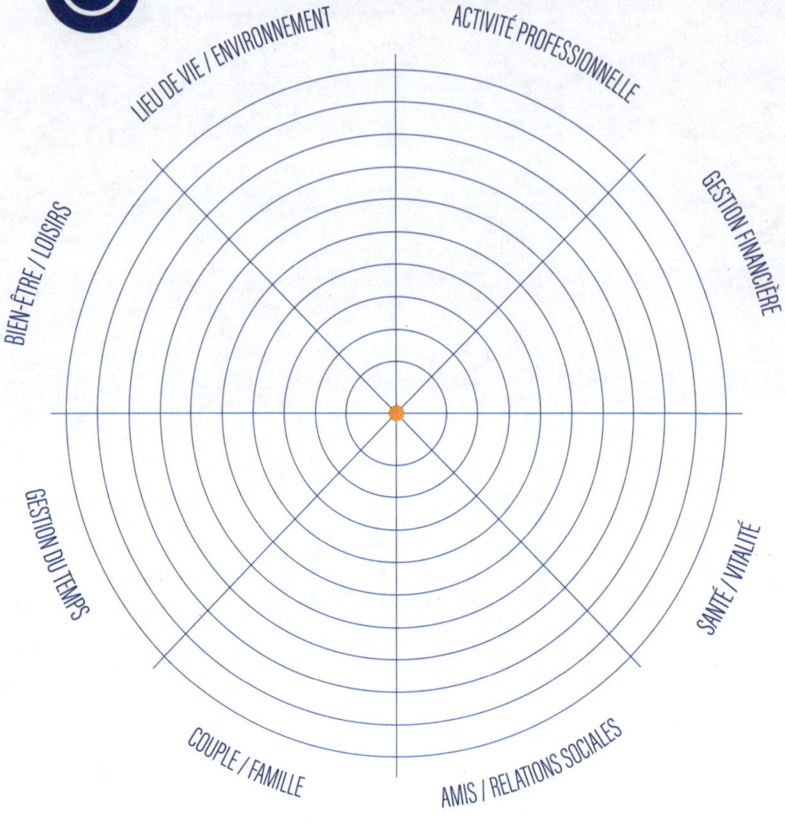

COMMENTAIRES SUR VOTRE NOUVELLE ROUE DE LA VIE :

....

....

....

....

....

....

....

QU'Y AURAIT-IL ENCORE À AMÉLIORER ?
REMPLISSEZ VOTRE ROUE DE LA VIE RÊVÉE

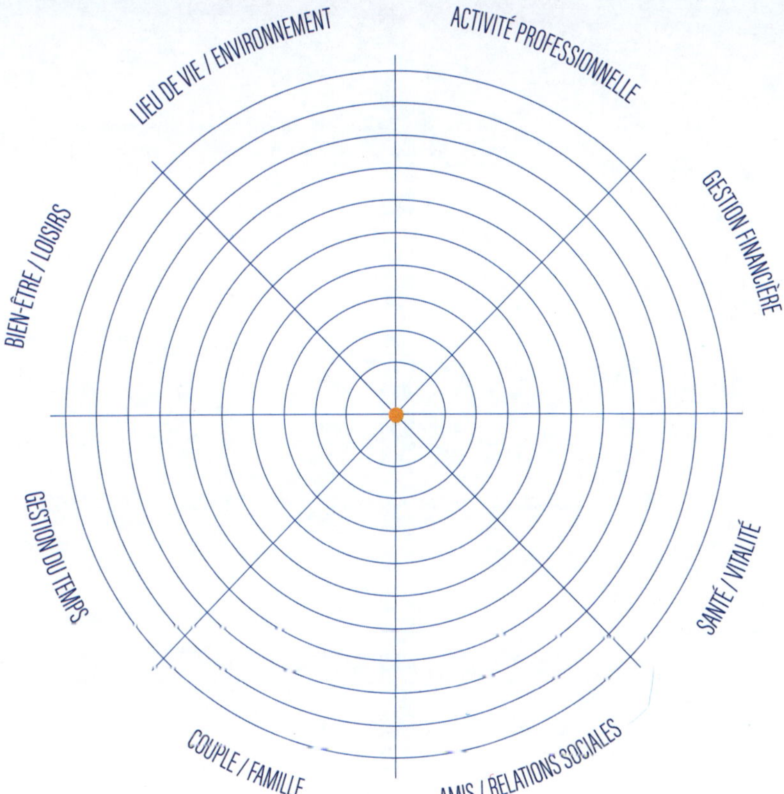

ACTIONS À METTRE EN PLACE POUR ATTEINDRE LA ROUE RÊVÉE :

LIGNE DE VIE

VOTRE LIGNE DE VIE A-T-ELLE ÉVOLUÉ ? NOTEZ LES OBJECTIFS ATTEINTS.

QUE POUVEZ-VOUS METTRE EN PLACE POUR ATTEINDRE VOS OBJECTIFS NON ATTEINTS OU FUTURS ?

1 ....

....

2 ....

....

3 ....

....

4 ....

....

5 ....

....

6 ....

....

7 ....

....

8 ....

....

9 ....

....

10 ....

....

BILAN DÉFAUTS ET QUALITÉS

REPRENEZ VOTRE TABLEAU DE LA PAGE 16 ET COMPLÉTEZ LE SUIVANT.

VOTRE DÉFAUT

....

....

NIVEAU D'AMÉLIORATION

GRÂCE À :

....

....

ACTIONS À METTRE EN PLACE :

....

....

VOTRE DÉFAUT

....

....

NIVEAU D'AMÉLIORATION

GRÂCE À :

....

....

ACTIONS À METTRE EN PLACE :

....

....

VOTRE DÉFAUT

NIVEAU D'AMÉLIORATION

GRÂCE À :

ACTIONS À METTRE EN PLACE :

VOTRE DÉFAUT

NIVEAU D'AMÉLIORATION

GRÂCE À :

ACTIONS À METTRE EN PLACE :

AVANCÉES DES PRIORITÉS DÉFINIES EN PAGE 20

1														
2														
3														
4														
5														
6														
7														
8														
9														
10														
11														
12														

SATISFACTION GLOBALE DE L'AVANCÉE DES OBJECTIFS ET PRIORITÉS

PISTES D'AMÉLIORATION :

....

....

....

....

AVANCÉES DES HABITUDES DÉFINIES EN PAGE 19

1														
2														
3														
4														
5														

SATISFACTION GLOBALE DE L'AVANCÉE DES HABITUDES

PISTES D'AMÉLIORATION :

....

....

....

....

....

....

....

....

MES PLUS BEAUX SUCCÈS

MES PLUS BEAUX SUCCÈS

CE QUE J'AI APPRIS DE MES ERREURS

CE QUE J'AI APPRIS DE MES ERREURS

PRIORITÉS ET ACTIONS À METTRE EN PLACE POUR L'ANNÉE PROCHAINE

PRIORITÉ 1 :

	ACTIONS :	AVANT LE :
1		
2		
3		
4		
5		

PRIORITÉ 2 :

	ACTIONS :	AVANT LE :
1		
2		
3		
4		
5		

PRIORITÉ 3 :

	ACTIONS :	AVANT LE :
1		
2		
3		
4		
5		

PRIORITÉ 4 :

	ACTIONS :	AVANT LE :
1		
2		
3		
4		
5		

PRIORITÉ 5 :

	ACTIONS :	AVANT LE :
1		
2		
3		
4		
5		

PRIORITÉ 6 :

	ACTIONS :	AVANT LE :
1		
2		
3		
4		
5		

PRIORITÉS ET ACTIONS À METTRE EN PLACE POUR L'ANNÉE PROCHAINE

PRIORITÉ 7 :

	ACTIONS :	AVANT LE :
1		
2		
3		
4		
5		

PRIORITÉ 8 :

	ACTIONS :	AVANT LE :
1		
2		
3		
4		
5		

PRIORITÉ 9 :

	ACTIONS :	AVANT LE :
1		
2		
3		
4		
5		

PRIORITÉ 10 :

	ACTIONS :	AVANT LE :
1		
2		
3		
4		
5		

PRIORITÉ 11 :

	ACTIONS :	AVANT LE :
1		
2		
3		
4		
5		

PRIORITÉ 12 :

	ACTIONS :	AVANT LE :
1		
2		
3		
4		
5		

NOTES

NOTES